救救动物！

忠犬八公的故事

〔日〕岩贞留美子 著

〔日〕真斗 绘

高宁 译

人民文学出版社
PEOPLE'S LITERATURE PUBLISHING HOUSE

目 录

主要出场人物

上野英三郎先生
八公的主人。
大学农学部教授。
八重夫人
上野先生的妻子。
我
（小林贞男）
故事讲述者。
菊三郎之子。
八公
故事主人公。
小林菊三郎
上野先生家的
园林工人。

引　子

爸爸在哭泣。

这是我第一次，也是最后一次，看见爸爸的泪水。

但是，八公终于，能见到最喜欢的上野先生了。

1. 八公出生

我叫小林贞男。

我的爸爸小林菊三郎是一名园林工人，他在东京帝国大学（现在的东京大学）农学部教授上野英三郎先生家中工作。

这个故事的开头，当然就是八公出生的时候，但那时我还没出生呢。我是在八公两个月大的时候出生的，所以，如果八公是人类的话，我们就算同龄人了。

八公生于大正十二年（1923）十一月，那年秋田县的冬天来得很早。一天，在秋田县大馆站附近一个叫“大子内”的地方，家境殷实的农户齐藤义一家的仓库里，一条叫作“胡麻号”的狗妈妈生下了四条小狗。

狗爸爸“大子内山号”是秋田犬名犬“一文字

号”的儿子。四条小狗都是雄性，每条都是血统优良、品相端正的秋田幼犬。

正巧当时，一直想养秋田犬的上野先生，写信求助在秋田县工作的学生世间濑千代松先生，世间濑先生又托自己的部下栗田礼藏先生找到齐藤先生。

齐藤先生在四条小狗中，挑选了耳朵形状很漂亮、品相最好的一条，送给了上野先生。

这条小狗就是八公。

所以，如果八公耳朵的形状稍微有差异，那可能就是八公的哥哥或弟弟去上野先生家了。

两个月后，等八公长大一些，能够长时间乘坐火车时，就被送往东京。

大正十三年（1924）一月十四日，从清晨开始漫天飘雪。

大雪仿佛在说：“这是你的故乡秋田县，不要忘记你作为秋田犬的骄傲。”

当时的火车上没有暖气，为了保暖，八公被装在一个盛米的稻草筐里，筐内还放了几块饼干。

秋田县大馆站，急行 702 次列车，下午三点二十分准时发车。

载着八公的火车向着东京，出发了。

2. 前往东京

“您回来了，先生。”

我的爸爸正在上野先生家的院子里工作，见到从大学下班回家的上野先生，便向他问好。

“菊三郎，你还在忙呢。你儿子刚出生，今天就到此为止了，你快回家吧！”

“谢谢先生，但我想把这点做完，不然心里难受。”

“你还真能干啊！”

上野先生看着整洁的庭院，微笑着点点头。

上野先生头发剃得短短的，显得清爽干练。他眉毛浓密，眼睛细长，鼻梁高挺，精神矍铄，神采奕奕，看起来完全不像是五十三岁的人。

他的身体十分健壮，像运动员一样。

他的声音洪亮清晰，对谁都是一样的和善温柔。

“你儿子的名字想好了吗？”

“嗯，想好了。叫‘贞男’。”

贞男就是我。

“真是个好名字啊！小贞男。”

上野先生像给自己的儿子取名字一般，满足地笑了。爸爸因为上野先生的夸奖，也十分高兴。

“对了，菊三郎，明天有点事要拜托你。”

“好的，先生。请问是什么事？”

“帮我去上野站接我的狗。”

爸爸一下子兴奋起来。

“是秋田犬吗？”

上野先生缓缓地点了点头。

上野先生一直想养秋田犬，之前也养过几条，但都因病夭折了。

这次一定要把一条小狗健健康康地抚养长大。

去年年末他托人要了一条小狗，但迟迟没有送来。从今年正月开始，上野先生就十分在意，每天焦急地等待呢。

“我本想自己去接的，但明天学校有课。所以只能麻烦你这位园林工人去接它，真是不好意思……”

“没有的事。”

爸爸表情严肃，连连摇头。

“一直以来得到了先生的许多帮助，我能从事这份工作，也是多亏了先生。只要能帮到先生，我做什么都愿意。”

爸爸抬起虽是冬天却被太阳晒得黝黑的面庞，发自内心地说。

上野先生有点害羞地微笑起来。

“谢谢了，你今天就先回去吧。喂，八重！”

上野先生招呼八重夫人过来。

“来了。”

穿着和服的八重夫人从外廊应声走来。

她的头发规整地盘在脑后，和服领子外翻，露出纤细的脖颈。洁白的布袜连趾间都是一尘不染，可见她爱整洁又细心的性格。

“给菊三郎包点牛肉带回去，听说他家长子的名字取好了。”

“是嘛！”

八重夫人带着少女般的笑容看着爸爸。

容易害羞的爸爸涨红了脸，低下头，用手掌拍拍自己的光头（这是爸爸的习惯）。

“孩子取名叫‘贞男’。”

“哦，是‘小贞男’啊。”

上野先生听到八重夫人说了和自己一样的话，略带惊讶地看着爸爸大笑起来。

爸爸正好抬头迎上上野先生的目光，也跟着“嘿嘿”地笑起来。

“怎么了？你们俩！”

八重夫人一脸疑惑地看着他们。

第二天，一身园艺工人打扮的爸爸等在上野站前。但是，搭载八公的火车没有准时到达。

因为那天早上发生了地震。

前年，也就是八公出生两个月前的九月一日，东京发生了关东大地震。

里氏7.9级的地震造成了前所未有的巨大破坏，甚至引发了严重的火灾。

那时的住房多为木造，火势迅速蔓延。

死亡和失踪人数高达10.5万，被烧毁的房屋约有50万户，特别是被称为“下町”的深川和浅草一带，几乎完全化为废墟。

但是，上野先生居住的涩谷一带，受到的影响较小，生活与之前相比没有太大变化。

正巧在八公到达的那天早上，又发生了较大的地震，后来人们认为那是关东大地震的余震。所以，火车中途停运，爸爸一直在车站等候。

终于，在临近中午时，比预定时间晚了许久，火车到达了。

爸爸连忙赶到包裹提取处。

“上野英三郎先生……上野先生，有上野先生的包裹吗？”

包裹提取处的工作人员连忙查找。

“是一条狗。”

“狗？”

但是，堆放包裹的地方一片寂静，感受不到生命的气息。

“啊，找到了！是这个吧！”

工作人员四处寻找，终于拿

来一个盛米的稻草筐，但筐里悄无声息。

狗呢？

爸爸赶紧拉开扎紧的稻草筐，一看，里面躺着一条浅褐色的小狗。爸爸慌忙抱出小狗。

脸圆圆的，耳朵耷拉着的小狗奄奄一息。连续二十多个小时在火车上孤单地摇摇晃晃，小狗已经非常虚弱了，草筐里的十块饼干完全没有动过。

“呀，你一点东西都没吃啊……”

爸爸抱着小狗飞一般地乘上山手线。不快点的话，小狗就要不行了。

在涩谷站下车后，爸爸朝上野先生家跑去。上野先生家在大向小学旁边，步行大概十分钟的距离。但先生家地势较高，是个平缓的上坡，再加上抱着小狗，无法挥动手臂，跑起来十分吃力。

但是，这是上野先生的狗，一定不能让它死掉。爸爸奋力地奔跑着。

“夫人，夫人！”

“菊先生，你回来了……呀，这是怎么了？”

看到气喘吁吁的爸爸，八重夫人吓了一跳。

“狗……狗……”

爸爸想要说明小狗奄奄一息的事，但喘着粗气，说不清楚。

但八重夫人立刻注意到小狗的状态不对劲。

“啊，不好！得快点用毛巾包起来。阿绪，阿绪，快热点牛奶！”

用人阿绪急忙准备牛奶。

八重夫人用毛巾把小狗包起来，轻轻地抚摸它的后背。

“你还这么小，独自乘火车，一定很孤单吧！”

小狗的眼睛依旧紧闭，微弱地喘着气。

蓬松柔软的毛发、圆圆的脸、小小的鼻子，小狗还完全没有秋田犬威风凛凛的样子，现在就像玩偶一样。

八重夫人把热好的牛奶倒在小碟子里，放在小狗面前。

“来，喝点牛奶。”

八重夫人轻轻地说。

小狗可能闻到了牛奶的香味，睁开眼睛，慢慢地抬起头，鼻子抽动着闻了闻牛奶，然后缓慢地起身，伸出小小的粉色舌头，舔了一口。

“刺溜。”

小狗舔了一口就停住了，像是在确认味道一样，“啊，是牛奶啊！”然后就大口大口地喝起来。

“啊……”

爸爸长吁了一口气，终于放心了。

爸爸想，万一小狗出点什么差错，自己该怎么跟上野先生交代啊！

八重夫人注意到爸爸的心情，微笑着宽慰他。

“小狗已经没事了。真是不好意思啊，拜托你这么麻烦的事情。”

“啊，没有……”

爸爸连连摇头，用手掌拍拍自己的头。

小狗嘴角沾满牛奶，完全不理会身边的事，专心地大口喝着牛奶。

3. 上野先生与八公

那天，上野先生下班回到家。

“狗呢？”

他连鞋子都来不及脱，就急切地问八重夫人。

“在卧室睡觉呢。”

上野先生大衣也没脱，快步走到卧室，看到了火盆旁边裹着毛巾、香甜睡着的小狗。

上野先生粲然一笑，蹑手蹑脚地靠近小狗，轻轻拉开毛巾，看着小狗睡熟的样子。

八重夫人把白天小狗刚到时的状况告诉上野先生，上野先生不住地点头。

“在火车上摇晃了二十个小时啊，想必一定非常不安吧。”

上野先生轻轻地抚摸小狗的头，小狗的耳朵动了动，睡醒了。它打了一个大大的哈欠，然后伸长前腿，舒服地伸了个懒腰。

看着它那可爱的样子，上野先生和八重夫人都情不自禁地微笑起来。

“从今天开始，你就是我们家的孩子了！”

上野先生抱起小狗对它说。小狗也紧紧抱着上野先生的手臂，用天真懵懂的目光直直地盯着他的脸。

胖嘟嘟、毛茸茸的小狗就像玩偶一般，但四肢短粗有力，蕴藏着秋田犬的力量感。

上野先生拉起小狗的一条前爪，像握手一样摇了摇。小狗脚上的肉垫粉粉的、软软的。

上野先生把小狗递给八重夫人，八重夫人用脸蹭着小狗的头，像哄小孩一样环抱着小狗。

上野先生从年轻时就体弱多病，单身多年，与八重夫人结婚，也只是前几年的事。小狗刚来到家里时，上野先生五十三岁，八重夫人三十八岁。两人虽然年龄差距略大，但是行动派的上野先生和有着茶道老师资质、性格沉稳的八重夫人，是非常般配的夫妻。

只是两人没有孩子，所以更是把小狗当作亲生孩子般宠爱。

“我们给它取什么名字呢？”

上野先生兴奋地看着抱着小狗的八重夫人。八重夫人轻轻地把小狗放到榻榻米上。

小狗抬头看着上野先生的脸，两条前脚叉开站着，就像一个数字“八”。

“八。那叫‘八公’怎么样？”

“八公。好！从今天开始，你就叫‘八公’了！”

上野先生抚摸着八公的头。八公坐下来，非常享受的样子。随后八公就地躺下，闭上眼睛再次安心地睡着了。

上野先生和八重夫人怜爱地看着八公熟睡的样

子，看了许久。

上野先生真的非常疼爱八公。他怕八公离开妈妈会觉得孤单，就跟八公一起睡觉，甚至让它睡在自己的被子里。

八公的第一个游乐园，就是上野先生的宽敞宅邸。

进入玄关之后，左边是“学徒”（住在老师家里，一边帮忙家事一边学习的学生）的房间，最里面十多平方米的房间是接待室。

从玄关向右转，是一条笔直的、长长的走廊，走廊右侧有一排房间。

最前面是一间小卧室，然后是上野先生的房间，再后面是八重夫人的房间。里面还有一间茶室，走廊尽头的左边是厨房和餐厅。

那一排房屋，每间都能够看到中间宽敞的庭院。在庭院和房间之间，有一条细长的外廊。外廊经常能够照到阳光，是八公晒太阳的地方。

八公最喜欢这条外廊。白天可以懒洋洋地趴在上面晒太阳，舒舒服服地睡觉，而且外廊正对庭院对面的正门，能够第一时间看到下班回家的上野先生。

上野先生回家也不走玄关，而是从正门进来，直接穿过庭院，走到八公趴着的外廊前。

“八公，今天过得怎么样？”

上野先生高兴地问。他连衣服都没换，抱起八公，用脸颊蹭蹭它的头。八公的小尾巴欢快地摇着，欢迎上野先生回家。

但是不知为什么，八公的肠胃很虚弱。稍不注意，就会上吐下泻。

“嗯……是对什么过敏吗？”

这次一定要好好把小狗养大。怀着这样的念头，上野先生对八公的食物非常注意。今天它吃的是米饭，上面浇了味噌汤。

那时还没有专门的狗粮，狗大多跟人类吃一样的食物。人们普遍认为用大豆做成的味噌汤营养美味，对狗的健康很好。

“对了，是不是米饭颗粒太大，八公不好消化？

把米粒碾碎可能更好吧！”

想到这里，上野先生就用筷子把米粒一颗一颗地碾碎。

用人阿绪发现了，连忙跑过来说：

“哎呀，先生，我来做吧！”

“没事，没事。”

上野先生回绝了阿绪，亲自帮八公碾碎米粒。

上野先生在八公的食物方面特别讲究。

有时，还会给八公吃比味噌汤更有营养的食物。例如牛肉汤拌饭，煮得软烂的牛肉也切碎喂给八公，还有一次喂八公吃了六个蛋黄。

他甚至给八公每三天喂一次给人吃的“益生菌”。

对上野先生来说，八公是最重要的、不可替代的存在。

渐渐地，八公开始在庭院里玩耍。

上野先生家的院子里有水井、高大的松树、一条细细的流水，上面架了一座原木制成的小桥。庭院里散落着几块扁平的石头，里侧的地面微微隆起，像一座小山。

其中，八公最喜欢的就是我爸爸种下的各种草木。庭院中有些整齐低矮的树丛，八公最喜欢躲在树丛里玩。值得表扬的是，八公从不会在院子里排便。它似乎知道庭院是玩耍的地方，不是上厕所的地方。

上野先生总是微笑地看着八公在院子里跑来跑去。

八公渐渐长大，眼看着胖嘟嘟的身体越来越结实，嘴稍稍突出，耷拉着的耳朵也立起来。原本玩偶般圆圆的脸，变得越来越精神。

八公的耳朵立起，变得又大又厚，看起来非常威风，而且以后还会长得更大。

小巧的脸配上大大的耳朵和大大的眼睛，这条浅褐色的淘气小狗，在上野先生和八重夫人的宠爱下，一天天长大了。

突然，在八公来到上野先生家一个月后的一天，它完全吃不下饭，变得十分虚弱，奄奄一息。

“快叫驹木先生来！”

很快，兽医驹木先生来了。

“怎么样？”

上野先生焦急地问，平时冷静沉稳的他坐立不安。驹木先生把听诊器放在八公的肚子上。

“好像是感冒。”

驹木先生给八公喂下药水。上野先生依旧十分担心，八公如此虚弱，看起来不像是简单的感冒。

驹木先生把药瓶递给上野先生。上野先生小心地接过，看着依旧虚弱的八公。

“八公，不要紧吧？”

“让它暖和一点。剩下的，就要靠它自己了。”

驹木先生说完这些，就走了。

上野先生心想，无论如何不能让八公死掉。下定决心的上野先生大声叫用人阿绪。

“阿绪，阿绪！”

上野先生的声音又急又响，阿绪急忙赶来。

“快去准备冰枕和暖炉！”

“啊，是！”

阿绪拿来家人生病时用的冰枕和暖炉。上野先生没有丝毫犹豫，把冰枕放在八公的头下面，用毛巾裹着暖炉给八公取暖，就像照顾自己的亲生孩子一样，照顾生病的八公。

“快点好起来吧！”

上野先生轻轻地抚摸八公的头。八公痛苦地喘着粗气，偶尔抬头看看，像在确认上野先生是否还在身边一样。

多亏上野先生的悉心照料，八公的状态一天比一天好。到了三月，庭院里的桃树开满深粉色的桃花时，八公就完全恢复了健康。

左边闻闻，右边闻闻，八公像是在确认春天的味道一般，把鼻子贴在地上，在院子里闻来闻去。

“喂，八公！”

是上野先生！八公一看到上野先生的身影，径直朝他跑来。

“八公，从今天开始，这里就是你睡觉的地方。”

上野先生用两个装啤酒的木箱粘在一起，里面放入稻草和棉布，布置成温暖舒适的小窝，放在庭院的角落里。其实一开始就打算让八公睡在这里的，但之前八公太小了，就没有使用。

但是，狗还是要有狗的样子。上野先生也打算让八公跟别人家的狗一样，尽快睡到屋外。

八公闻了闻木箱的味道，露出一副“嗯？这是什么？”的表情，看着上野先生的脸。

到了晚上。

“来吧，八公。”

上野先生把八公抱到了木箱里。

“晚安。好好睡觉吧！”

但是，当上野先生起身回房时，八公十分着急，想要跟上去。

可是木箱对八公来说太大了，小小的八公爬不出来。

“哗啦哗啦……”

八公焦急地在木箱里转圈，抓挠内壁，想爬出来。

“不行，八公。从今天开始，你要像一条正常的秋田犬一样生活。”

上野先生对八公说。

八公的前爪搭在木箱边缘，摇着尾巴把身体朝上野先生的方向探去。突然……

“砰！”

八公把木箱推倒了。

八公立刻跳出来，迈着短短的腿，奋力跑到上野先生的脚边。

“不可以，八公。好好在这里睡觉！”

上野先生再一次把八公抱回木箱，摸摸它的头。他把木箱贴墙放好，旁边倚上其他木箱，这样就不会翻倒了。

“晚安！”

上野先生回到房间，关上了门。

“嗷呜……嗷呜……”

八公在哀鸣，但是上野先生是坚决不会开门的。现在让步的话，八公就不会养成好习惯了。

门依旧紧闭。八公盯着门，不停地叫着。

实际上，门的另一边，上野先生一直站在门边。他把耳朵贴在门上，密切关注着八公的状态。

“哗啦……哗啦……”

渐渐地，八公的声音越来越弱。上野先生的表情有些不忍。

“对不起，八公。”

那天晚上，上野先生独自在被子里辗转反侧，不住地叹气。

春回大地，万物复苏。长大的八公可以去外面散步了。

负责带八公出门散步的是住在上野先生家

里的学生尾关才助。才助每天记录《狗狗日记》，向上野先生汇报八公散步的经过。

那时，涩谷站附近都是农田，连民居都没几户，更别提高大的楼房了，周围一派闲适宁静的田园风光。

涩谷站旁边有一条小河，巨大的水车吱吱呀呀地转着，给稻谷脱壳。距离涩谷站十分钟路程的上野先生家后面，也是一片广阔的农田。

某天，才助带八公散步时，换了一条路线，走到农田对面的代代木练兵场附近。练兵场就是军队训练的地方。

原本平静的练兵场，就在八公和才助走到附近时，突然响起了枪声。

“砰！砰砰！”

八公停住脚步，慢慢倒退。狗在高兴的时候尾巴会高高翘起，但害怕时，尾巴就会垂下，夹在两条后腿之间。

八公臀部后缩，毛茸茸的漂亮尾巴，完全藏在两条后腿之间。

“怎么了，八公？不要害怕，我们快走。”

但是，无论才助怎么拉绳子，八公都不肯再往前走。

回家后，才助把这件事写进了《狗狗日记》里。

晚上，下班回家的上野先生读过日记，走到外廊，来到八公身边。八公的尾巴高高翘起，欢快地摇动。

“八公，原来你害怕枪声啊！”

说着，上野先生摸了摸八公的头。

八重夫人提着一篮为盂兰盆节准备的茶叶，也走过来，坐在旁边。

“就连玩具枪的声音，它好像也很害怕呢。前两天，孩子们在外面的马路上玩玩具枪，八公听到声音慌忙跑回家，在外廊上缩成一团。”

“是吗？”

上野先生爱抚着八公的面颊，八公开心地摇着尾巴，朝上野先生撒娇。

这样胆小的八公，有时也很有大哥哥的样子。

八公来到家里的第二个月，上野先生的养女鹤子女士生下了一个宝宝久子小姐。午睡时间，久子小姐常常独自一人在茶室睡觉。

一天，八公从外廊进入房间，钻进茶室。八重夫人惊讶地进入茶室查看时，发现八公躺在久子小姐身边，像在保护她一样。

八公的耳朵立起，不时地抖动，像在警戒四周，如果发现可疑的人靠近，时刻准备保护小主人。

原本，秋田犬就有保护主人的习性。除了上野

先生，上野先生珍视的久子小姐，八公一定也想要用心守护。

有时，久子小姐会跟八公一起玩耍，拍拍八公的头，拉拉八公的背，八公乖巧地趴在地上任她玩耍。不仅如此，八公的尾巴还高兴地摆来摆去。

能够守护久子小姐，八公一定也很自豪吧！

4. 赏樱大会

上野先生是东京帝国大学农学部的教授，从事农业土木方面的研究。除了教导学生，他还去往日本各地出差，指导农业技术。

他在农商务省、内务省也有任职，曾获数枚国家勋章，到皇居拜见过天皇，是能够代表日本的、非常厉害的教授。

上野先生深受身边人的尊敬和爱戴。不只是学生，还有工作上的同事、附近居民，当然还有我的爸爸。上野先生从不摆架子，无论对谁都是一样的和善。

樱花季到了。

上野先生家里有一棵巨大的樱树，每年都会举办赏樱大会。上野先生教过的学生们现在都在全国各地教授农业技术，大家都会在这一天聚集在上野先生家里，像召开同学会一样。

“到了周日，花应该都开了，正适合赏花呢！”

八重夫人站在外廊，高兴地抬头望着院子里缀满粉色花苞的樱花树。

“去年赏樱大会时下雨了，今年天气应该不错。”

上野先生也来到外廊，望向即将盛放的樱花树。

“有很多人会来，要多准备些饭菜。”

听到上野先生的嘱咐，八重夫人微笑着点头。上野先生坐在外廊的坐垫上，展开纸张，开始撰写赏樱大会的菜单。

“白团子、红团子、串团子。这是从‘团子坂’订购的。”

上野先生很熟悉哪一家的食物好吃。

“盐仙贝，要买‘今户’家的。还有关东煮、寿司、蜜柑、鱼糕、厚蛋烧。赏樱便当要买日本桥的‘弁松’。哦，别忘了樱花饼。”

纸上列出了各种美食。

“再准备一些下酒菜，怎么样？”

八重夫人在一旁提议。

“嗯，对。两国的秋津岛先生，他们家热腾腾的烤鸡肉串不错。”

“大家一定会很喜欢。”

八重夫人笑眯眯地说。

上野先生也不停地点头。

“啊，对了。应该也有人不喝酒，再准备一些苏打饮料吧！”

“好的。”

八重夫人双手接过菜单。

赏樱大会前一天，我的爸爸在庭院里卖力地工作。

爸爸特意赶来帮忙布置赏樱大会，打扫庭院、摆放桌椅等，需要用到力气的地方，爸爸就能大显身手了。

“差不多准备好了。”

上野先生高兴地看着庭院里整齐的桌椅，心想明天要来很多人，这些可能都不够呢。

突然，他好像想到了什么。

“剩下的就交给各位了！”

说着，他朝八公走去。最近几天颇受冷落的八公兴奋得不得了，摇着尾巴朝上野先生撒娇。

“八公，这也是你第一次赏花！明天有好多客人来，我们要洗得干干净净的。”

上野先生抱起八公，走向浴室。

他立刻脱掉自己的衣物，把八公身上的保暖腹带也脱下来——八公肠胃不好，所以一直穿着小孩子用的保暖腹带。

“来来来！”

上野先生在巨大的浴桶中倒入温水，把八公放进去。八公乖乖地泡在水里，不吵不闹。

上野先生把温水淋到八公身上，打上肥皂，温柔地搓出泡沫。八公的毛被水沾湿贴在身上，看上去小了一圈。

可能是洗澡很舒服吧，也可能只是与上野先生待在一起就很开心，八公一动不动地乖乖洗澡。

“八公，要快点长大哦！”

上野先生边洗边对它说。

“等天气再暖和一点，我就带你去代代木、多

摩川，我们去各种地方玩。”

八公用鼻子拱着上野先生，不停地撒娇。

上野先生十分小心地避开八公的脸，轻轻地为八公洗身体。突然，八公忍不住甩动身体，上野先生慌忙按住它。

“等一下，八公！喂，才助！帮我拿条毛巾来！”

才助抓起一条毛巾，急忙跑来。上野先生把毛巾盖在八公身上，利落地擦去水珠。

“好了，这下就干干净净了。才助，帮我把八公擦干。”

“好的！”

才助接过裹着毛巾的八公。八公看看才助，把鼻尖朝上野先生的方向伸去，看起来还不想跟上野先生分开呢。

“身上没干，出去要感冒的，今天就不出门散步了。”

“好的。”

给八公洗好澡，上野先生满意地泡在浴缸里。

刚洗好澡睡在屋外容易感冒，于是当晚，时隔许久，八公终于又睡在上野先生的被窝里了。

八公，的确是上野先生家重要的一员了。

“早上好！”

第二天一早，厨房旁边的后门传来爸爸的声音。

“啊呀，菊先生。你今天来得真早啊！”

八重夫人满脸笑容地迎接爸爸。

“菊三郎，昨天谢谢你了。昨天都已经准备好了，今天不用这么早来也可以的。”

“没事的，还有什么活儿尽管交给我吧！”

今天的赏樱大会有许多客人要来，爸爸希望大家都能玩得开心，所以早早地来帮忙。

“早上好，酒来啦！”

洪亮的声音传来，是酒店老板送来了啤酒和苏打水。

“好，请放在这边。”

站在厨房门口的爸爸立刻给老板带路。

“菊先生，干劲十足呢！”

八重夫人看着爸爸踏实能干的背影，夸赞说。

上野先生也微笑地看着爸爸。

随后，各种美食也接连不断地送来：赏樱便当、团子、仙贝、蜜柑……

当时八公大概四个半月大，正是对一切充满好奇的年纪，看着来往的人群和从没见过的美食，它几乎一步也不愿离开厨房。

负责带八公散步的学生才助，怕八公在厨房碍事，就叫它。

“八公，到这边来！”

八公毫不理会。

“哎哟，八公！这边手忙脚乱的，你去那边吧！”

八公被用人阿绪在头上敲了一下，也完全不在意，还是兴奋地在厨房转来转去。

突然，一个高大壮硕的人出现在八公面前。

“早上好！”

八公被吓得后退。

“哦，是秋津岛先生！”

“上野先生，非常感谢您一直以来对小店的关照！”

“今天有很多客人会来，麻烦你多烤一些鸡肉串。”

“好的，我明白了。”

秋津岛先生虽然体形巨大，但动作轻巧灵活，立刻准备起来。

“菊先生，秋津岛先生好高大啊！”

八重夫人悄悄地对我爸爸说。

“听说秋津岛先生在开店之前，是相扑力士。”

“哦，原来如此。”

八重夫人恍然大悟，点了点头。开始被秋津岛先生的体形吓了一跳的八公，渐渐地，似乎也闻到了从秋津岛先生手上传来的肉串香味。

炭火炙烤的鸡肉串，散发出诱人的香气……

八公凑到秋津岛先生的脚边坐下来，一动不动地盯着他的手，他的手左右晃动，八公的视线也跟着动。

秋津岛先生在烤串的间隙瞥一眼八公，忍不住大笑起来。

“八公！”

不久，添乱的八公就被阿绪拉到厨房外面去了。

那天，八公究竟有没有吃到烤鸡肉串，我就不知道了。

当天有许多人来参加赏樱大会，从北海道到九州，上野先生教过的学生都来了。

“大家远道而来，真是非常感谢！”

“哪里哪里，能见到老师，我们也很高兴。”

“正好借此机会，与昔日好友相聚，大家一定要玩得尽兴！”

“吃好喝好，玩得尽兴！”

“好的，谢谢老师！”

宽广的庭院里，聚集了大概五十多人，大家聊着学生时代的趣事和现在从事的工作，气氛十分热烈。

八公呢？它一直占据着离上野先生最近的位置，趴在上野先生腿上，看上去非常开心呢！

上野先生也为乖巧懂事的八公而自豪，时而轻轻抚摸八公的头，时而看着八公跟它说话。

赏樱大会最后，在场所有人共同举杯，齐

声说：

“敬上野先生，干杯！”

八公被突如其来的声音吓了一跳，慌忙四下张望，看无事发生，继续趴在上野先生的腿上，舒舒服服地打盹。

八公的身旁，樱花花瓣如雪花一般，上下翻飞。

5. 朝鲜出差

到了五月。

下午三点，阿绪正在给八公准备牛奶。

八公端坐在盘子前，乖巧地等待牛奶倒好。

“好了，吃吧！”

阿绪话音刚落，八公就迫不及待地把头凑近盘子。正在这时，大门那边传来声音。

“我回来了！”

是上野先生！瞬间，八公的耳朵抽动了一下，身体一下子弹起来，牛奶什么的完全丢在脑后，转头朝上野先生奔去。

“哎哟，八公真是喜欢先生啊！连牛奶都不要了。”

看着倒满牛奶的盘子，阿绪对身边的才助说。

“可不是嘛。一般狗都会把给自己喂食、带自己散步的人当作主人啊。八公应该跟阿绪和我更亲密才对啊！”

“就是啊！”

才助和阿绪相视大笑。

八公摇着蓬松的大尾巴，飞奔到上野先生跟前撒娇。正在外廊边脱鞋的上野先生被八公缠住，不能走进房间，但脸上还是挂着笑容的。

“看八公那高兴的样子，它可从来不跟我们撒娇呢！八公最喜欢先生。”

“这就是秋田犬啊。它知道谁是它的主人。”

阿绪看着才助，才助看着上野先生和八公，继续说：

"它知道谁是家里的大家长。其他人与大家长是怎样接触的，它全部看在眼里，所以它都明白。"

阿绪恍然大悟，不住地点头。

"从前，日本人最尊敬城主，家臣们甚至可以为城主献出生命。所以秋田犬作为日本的狗，也有这种品质。"

"八公知道，在我们家，上野先生是一家之主。"

"我觉得，只要是为了上野先生，八公什么都肯做。"

阿绪崇敬地看着八公，八公仍旧围着上野先生撒娇。

"喂，才助。快帮我拉住八公。"

最终，上野先生不得不叫才助帮忙。

"啊，来了！"

才助赶紧跑到八公身边。

"好了，八公！"

趁才助叫住八公时，上野先生迅速脱掉鞋子，走进房间。

八公把前爪搭在外廊上，朝房间里张望，寻找上野先生的身影。那时，上野先生已经教导八公不能进入房间，八公一直严格遵守。

看不到上野先生的身影，八公就拼命地闻，想要通过气味找到上野先生。

不一会儿，上野先生拿着一个方形盒子，来到外廊。一看到上野先生出现，八公的尾巴再次欢快地左右摇动。

上野先生从盒子里拿出饼干。

“来，八公。你肠胃不好，不能吃太多哦！”

说着，上野先生递给八公三块饼干。

八公高兴得不得了，转眼就把三块饼干一扫而空。上野先生微笑地看着八公，然后穿上木屐，走到院子里。八公上蹿下跳地追着上野先生撒娇，像是在说“快来玩吧，我们一起玩吧！”。

突然，上野先生注意到了八公盘子里的牛奶。

“啊呀，八公。牛奶还没喝呢，要长不大咯！快去喝掉！”

八公看到上野先生回家，连最爱的牛奶都忘记了。

听到上野先生提醒，它才一下子想起来，大口大口地喝起来。

即便喝牛奶时，八公的耳朵也是立着的，时刻关注上野先生，像是在想：“先生没走吧！”

“八公真是太喜欢先生了。”

阿绪在旁边看着，忍不住喃喃地说道，才助也频频点头。

八重夫人从房间里走出来。

“先生，您回来了。今天回来得很早啊！”

“明天我要出差，去朝鲜一个月。”

“这么急？”

“这段时间拜托你照顾家里了。”

“好的。”

很快，我的爸爸被叫到上野先生家里。

“不好意思啊，这么着急把你喊过来。”

“没有的事。”

上野先生坐在外廊边，邀请爸爸坐到他身边。

爸爸诚惶诚恐地说自己站着就好，上野先生还是坚持让他坐下。八公正舒舒服服地躺在上野先生脚边。

“我要出去一个月，这期间拜托你打扫院子。如果才助忙不过来的话，也请你帮帮他。”

“我明白了。”

“田里，夏天刚刚播种的蔬菜都发芽了，你帮我早晚各一次，浇足水分。”

“好的。”

上野先生和我的爸爸环顾整个庭院。

“真是个漂亮的院子呢！”

爸爸对上野先生说。上野先生看着院子，欣慰地点了点头。

“生物，只要用心照顾，都会成长得很好。”

八公听到上野先生的话，脸微微扬起。

“院子里原本只是养分不足的红土，我曾十分担心能否在这里种植草木呢。”

上野先生搬到这里是六年前的事。庭院里都是红土，曾经连杂草都不长。是先生认真细致地播撒肥料，种植花草蔬菜，才把土地改造成现在的样子。直到现在，每到夏天，院子里都会种上番茄、茄子、扁豆、黄瓜、丝瓜等各种蔬菜。

“先生，您知道吗？”

上野先生回过头，示意爸爸说下去。

“早上，经常有学生从您家门前经过。女学生们从外面看到院里的花朵，都非常高兴。”

上野先生也露出喜悦的神情。

“她们说，一般人家围墙很高，完全看不见里面。这里的围墙很低，能够看到院子里的树木，应季的花朵甚至伸出围墙热烈开放，这家主人一定非常优秀。”

桃树、海棠、郁金香、风信子、牵牛花、大丽花、波斯菊……

从初春到深秋，四季都有交替开放的花朵，带给路过的行人美丽的风景。沿着低矮的围墙种植的五颜六色的花朵，深粉、浅粉、黄色、红色、紫色、橙色、白色……女学生们把上野先生家称为“花历之家”呢！

上野先生一言不发地注视着庭院。

看到上野先生这个样子，我的爸爸不说话了。

平日里不善言谈的爸爸暗自懊恼，今天是不是说得太多了。

“菊三郎。”

“是，先生。”

爸爸一脸严肃地看着上野先生。

“今晚留下跟我们一起吃晚饭吧。对了，再把你最拿手的曲子唱给我们听听吧！”

爸爸“扑哧”一声笑了，用宽大的手掌拍拍自己的头。

第二天，上野先生出发去朝鲜出差。

没过几天，八公就突然生病了。这年梅雨季来得很早，八公的病可能也是因为潮湿的天气吧。

“八公，振作一点。”

无论才助说什么，八公只是躺着不动。

“果然，先生不在八公就没精神了啊。”

阿绪看着八公盘子里的剩饭，叹了口气。

八重夫人也到院子里，抚摸着八公的背。八公却仍是一脸落寞地躺着，一动也不动。

“我回来了。”

一个月后，六月十二日。上野先生回来了。

八公却没有像往常一样赶来迎接。上野先生连箱子都没放下，径直走向八公的小窝。

“哎呀，八公又生病了。”

八公看到上野先生，仍旧躺在地上，轻轻地、虚弱地摇了摇尾巴。

“果然不能把八公托付给你们啊。”

上野先生笑着看着八重夫人。

“非常抱歉。”

八重夫人低下了头。

“没有没有，不是你们的错，怪我离家太久了。快把驹木先生请来吧！”

兽医驹木先生又来了。

“怎么样？”

“嗯，看起来不像感冒。可能是肚子里有寄生虫了。给它吃过驱虫药吗？”

“没有，因为我之前出差了一个月，忘记给它吃了。”

驹木先生笑着说：

“那就是了。今天开始按时吃驱虫药就没事了。”

驹木先生把听诊器从耳朵上取下来，点了点头。

“也有可能……”

上野先生疑惑地看着驹木先生，等他说下去。

“也有可能上野先生那么长时间不回家，八公以为先生不要自己了。”

“怎么会呢！”

“但是，八公又不明白。”

这也不难理解，突然见不到上野先生，八公就以为上野先生不要自己了。

“秋田犬与其他欧洲舶来的狗不太一样。”

上野先生仔细地听着驹木先生的话。

“对秋田犬来说，主人就是它的生命。秋田犬非常认主人，无论谁都不能代替主人。单纯陪在主人身边，它都会觉得十分幸福。”

上野先生点点头，驹木先生继续说。

“从另一方面来说，如果见不到主人，就会以为自己被抛弃了，而感到十分绝望。这就是秋田犬。”

上野先生深深叹了口气，缓缓地垂下了头，看着八公，轻轻说：

“八公。”

八公的耳朵抖动了一下。

“八公，对不起。”

上野先生轻轻地抚摸八公的背。

“没事了，我回来了。你要快点好起来。”

八公的嘴角微微咧开，像是微笑一样。

从第二天开始，上野先生殷勤地照顾八公，像是要把过去一个月的关心补回来。

“阿绪，把八公的药拿过来。”

阿绪有些为难地看着上野先生。

“那个，先生。驹木先生说那个药一天吃一次就好。”

上野先生摇摇头。

“八公跟其他狗不一样，它的肠胃比较弱。把一顿的量拆开，一点一点地喂比较好。”

阿绪应声去取药。

阿绪心想，上野先生对生物很了解，听先生的准没错。之前，阿绪打扫房间时，不小心放走了养在笼子里的金丝雀。

笼子里只剩下一枚刚产下没多久的鸟蛋。这样下去的话，蛋中的雏鸟就要死了。

阿绪吓坏了。

她想着一定会被先生训斥的，可能这份工作也要丢了。

但是，上野先生并没有训斥阿绪，他说谁都有犯错的时候。他用毛巾把鸟蛋包裹起来，准备人工孵化。

几天后，雏鸟顺利破壳而出。

上野先生把竹签削成雏鸟嘴巴的大小，用竹签挑起碎菜叶和碎蛋黄喂雏鸟吃。

雏鸟健康地长大了，甚至把上野先生当成了自己的妈妈。

小鸟飞到院子里，只要上野先生招呼一声就会飞回来，立在先生的肩上。隔壁大向小学的教员看到这一幕，惊讶地嘴巴张得老大。

在上野先生的精心照料下，八公的状态一天比一天好。到了七月，漫长的梅雨季一过，八公完全恢复了健康。

八公时常在院子里跑来跑去，从小河上跳来跳去。八公最喜欢的游戏就是躲在灌木丛里。但是已经长大了许多的八公，只能把头藏在里面，身体却完全露在外面。

一天，才助教八公“转圈”。

“八公，转圈。”

听到才助的指令，八公想了一会儿，然后犹犹豫豫地原地转了个圈。

一般人们都会教给宠物狗一些握手、转圈之类的才艺，证明狗能够听懂人的指令并服从。才助也想赶快教会八公一些才艺，好得到上野先生的夸奖，上野先生却不这么想。

“才助，不要教八公什么才艺！不能让狗觉得，只要按照人的指令去做，就能得到奖赏。狗只要按照狗的方式生活就好，不需要为了讨好人类学习才艺。”

狗只要按照狗的方式生活，不需要学什么才艺，不需要证明自己聪明懂事。因为八公早就能听懂上野先生的话，也明白上野先生以及住在上野先生家里的所有人的事。

即便不会什么才艺，上野先生也十分疼爱八公，八公也最喜欢上野先生。八公只要做自己就够了。

6. 八公不见了

夏天到了。

阳光变得刺眼，蝉鸣也愈发响亮。上野先生家的院子里，每天早上，牵牛花热烈地开放。

在八公吃完下午三点的点心之后，跟往常一样，由才助带它去散步。为保证八公的运动量，

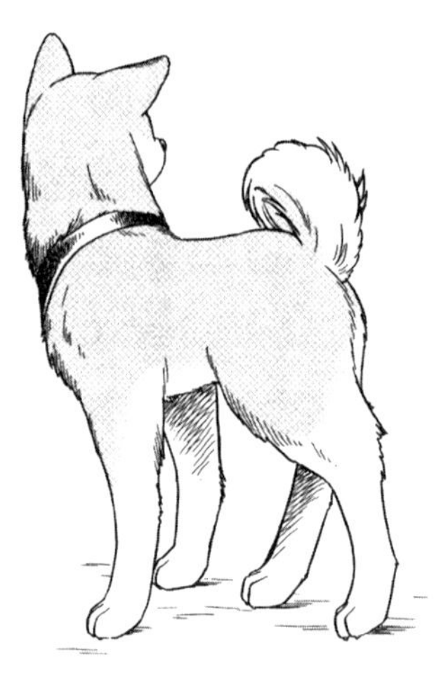

才助每天带它散步一个小时左右。

根据散步当天的心情，有时往东，有时往南，时常变换散步路线。

一天，才助带着八公又走到练兵场附近。虽然知道八公害怕枪声，但是八公已经长大了，才助觉得应该不要紧了。

八公在才助前面缓缓地走着，它绝不会自己随意行动或拉拽才助，而是随着才助的步速，稳步慢行。

走近练兵场时，突然，响起了枪声。

“砰砰砰砰！”

“啊，八公！”

被枪声吓到的八公挣脱才助手中的绳子，飞也似的逃走了。

“八公！八公！”

才助急忙追赶。八公朝着家的方向，一溜烟儿地不见了踪影。

才助跑回家，上野先生已经下班回家了。

“喂，才助！八公呢？”

上野先生看到才助一个人回来，十分惊讶。

“对不起，先生。八公被枪声吓到，逃走了。”

“逃走了？”

“嗯，八公没回来吗？”

“没有，它没回来。”

“啊？我看到它往这边跑，我想它一定跑回家了……”

全家人立刻开始“大搜索”。

“八公！”

“八公，八公！”

无论上野先生和才助怎么呼喊，八公都没有出现。庭院、玄关，甚至是隔壁的大向小学，都没有找到八公。

“八公究竟去哪里了呢？”

我的爸爸听说这件事，也赶来跟大家一起找。

但是大家找了一个小时，没有一点八公的踪迹。

才助十分愧疚，焦急得几乎要哭出来。

就在这时，电话响了，是大向派出所的巡警打来的。

“喂，上野先生。我们接到报警，有一条巨大的秋田犬躲在名教中学对面的文具店里，无论是拉拽还是用饼干引诱它，它都不出来。我想那是不是您家的八公啊？”

“我们这就去！”

上野先生、八重夫人、才助、我的爸爸还有阿绪，所有人急急忙忙赶去接八公。

文具店门口围了好多人，十分喧闹。巡警看到上野先生，朝他招手。

“上野先生！上野先生，这里！”

“非常抱歉，八公闹出这么大的动静。”

上野先生跑到文具店门口的巡警面前，我的爸爸也跟着赶到。

“哎呀，它躲到桌子下面，无论用什么办法，它就是不出来。三个男人一起拉都不行，它就是不肯出来哦！”

巡警一边擦着头上的汗水一边说。

上野先生连忙进到文具店里。

八公正趴在桌子下面。

“八公！”

听到上野先生的声音，八公一下子抬起头，确认真的是上野先生来了，它飞一样地弹起来。

八公一下子扑到弯腰的上野先生肩上，欢快地摇着尾巴，舔着上野先生的脸。

“哎哟哟！真是怪了，刚刚怎么叫它、拉它都不出来呢！”

巡警看到八公这个样子，连连称奇。

“真的是，跟刚刚完全两个样子呢！”

文具店的阿姨，也笑眯眯地看着八公。

“真是非常抱歉，给你们添麻烦了。”

八重夫人反复跟文具店的老板娘道歉。

八公对这些毫不在意，开心地在上野先生身边摇尾巴。

一到夏天，常常打雷。雷声也是八公害怕的声音之一。

八重夫人抬头看着天空，天上乌云密布，阴沉得全然不像夏天的傍晚。温热的风越来越强，屋檐下的风铃发出“丁零丁零”的声响。

“看来要下雨了。”

八重夫人话音刚落，豆大的雨点就“吧嗒吧嗒”地落下来。

“咔嚓——”

“咚咚……轰隆轰隆……”

雷声从远处传来，而且越来越近。

“八公又要害怕了。”

八重夫人来到八公的小窝，却没有看到八公。

“哎？”

八重夫人问才助。

“八公呢？”

“我刚刚带它散步回来，它之前还在窝里的。”

但是八公现在不在小窝里。

“我去附近找找。”

说着，才助去房子四周寻找。

“夫人，它会不会又藏到壁橱里了？”

阿绪担心地说。

“是哦，我去找找看。”

之前有一次，八公被巨大的雷声吓到，闯进房间，躲在了壁橱里。

八公现在会用前爪打开壁橱的拉门。

上野先生的房间、八重夫人的房间、才助的房间、最里面的西式房间……一个一个地找过了，都没有看到八公。

八公虽然能够打开拉门躲在壁橱里，但躲好后还不会把壁橱门关好，应该很容易发现才是。

才助浑身湿透地回来了。

“附近没找到。”

“呀，才助。这样要感冒的，快去擦干吧！”

八重夫人把毛巾递给才助。

“那八公到底去哪儿了？”

阿绪一脸疑惑。

“阿绪，久子正在茶室里睡觉吗？”

“是的，那间房间通风很好，久子小姐在那睡午觉很凉爽。”

“这样啊。”

八重夫人走到茶室。

然后，悄悄地朝茶室里看……

“呀，八公！”

听到八重夫人的声音，阿绪和才助马上跑过来，发现了躲在久子小姐被子里的八公。

准确地说，是只有头藏在被子里的八公，它的身子和尾巴都露在外面呢！

一旁的久子小姐睡得很熟。

“哎哟，八公真是的……”

八重夫人忍不住笑出了声。

阿绪看着八公，也捂着嘴偷笑起来。

才助走进去，拍一下八公的屁股，掀开被子。

八公抬起头，一副“你干吗？我很怕！”的表情，哀怨地看着才助。

才助把这件趣事写进《狗狗日记》。晚上，上野先生读完今天的日记，走到八公的小窝旁边。

“八公。”

听到上野先生叫它，八公高兴地摇着尾巴回应。

“打雷没什么好怕的。你如果实在害怕，可以进入房间，但是，不可以钻进久子小姐的被子里哦！”

八公歪着头看着上野先生，继续欢快地摇着尾巴。

7. 车站迎接

上野先生的身体不是很好，几年前他生过一场大病，在医院里住了八个月，在生死关前走了一遭。所以，上野先生曾经的学生们对他的身体很是

担忧。

大家担心上野先生工作劳累，积劳成疾，希望他减轻工作量，至少在严寒和酷暑天气里，稍微休息一下也好。

所以正好一年前，毕业生们共同筹钱，送给上野先生一套位于叶山的别墅。神奈川县的叶山位于海边，气候宜人，冬暖夏凉。大家希望上野先生至少在东京特别炎热和寒冷的日子里，能够去叶山调养身体，希望他一直健健康康地继续工作下去。

但起初，上野先生坚决拒绝接受别墅。

无论如何，不能接受这么贵重的礼物。

“我如果接受的话，别人要说我，照顾毕业学生都是为了别墅！”

健谈开朗的上野先生，紧皱眉头，整整十五分钟一言不发。

然而，毕业生们送别墅给上野先生当然没什么坏心思，大家是真心喜欢尊敬上野先生，为了上野先生的身体着想。

“先生说的也对，但是……”

毕业学生们推举的代表看着先生说。

“上野先生。这是三千多名毕业学生共同筹钱买下的别墅。如果先生不收的话，我们只能卖掉别墅，再把钱退还给大家。可是，钱筹起来容易，再退给三千多人，可太难了，有人可能已经搬家了……”

毕业生代表面露难色，但眼中带笑。

“上野先生，不管别人怎么说，学生们只是希望，先生能够好好休息，调养身体。”

他眼里的笑容蕴含着这样的意思。

毕业学生们对自己的身体如此惦念，上野先生也没有理由不接受了。

最后，上野先生勉为其难地接受了大家的心意。

“我明白了，这样的话，非常感谢大家，我就接受了吧！”

但是上野先生也有附加条件。他坚持自己对这栋别墅只有使用权，待自己过世后，这栋别墅交由全体毕业学生自由使用。

去年东京发生了关东大地震，震后各处大力发展复兴事业，在废墟中重建住宅和学校等。上野先生也应政府的邀请，协助灾后重建工作，每天非常忙碌。

趁着繁忙工作的间隙，上野先生准备去叶山的别墅稍作休息。这也是在学生们的坚持要求下，上野先生才去的。

前往叶山的那天早上，上野先生叫来八公。

“八公，你生于秋田，东京对你来说太热了吧，但是拜托你好好看家哦！”

八公像是感觉到上野先生要走一样，焦急地围着上野先生撒娇，仿佛在说“不要走嘛，不要走嘛”。

上野先生想到上次去朝鲜出差的事，他离家一个月，八公以为自己被抛弃了，生病虚弱得站不起来的样子。

这次会不会又那样呢……

“好吧，八公。你送我到涩谷站吧！”

那天，上野先生和八公第一次一起走到涩谷站。在进站口前，上野先生反复拥抱八公。

“八公，八公。好了，真乖，好孩子！”

八公扑在身上，衣服沾满泥土，上野先生也毫不在意，微笑着抚摸、拥抱八公。

“好了，八公，那我走了。我一定会回来的！”

上野先生看着八公的眼睛说。

跟上野先生一同前往叶山的八重夫人，在一旁笑眯眯地看着这一幕。

上野先生一步三回头，依依不舍地走进车站。

八公知道自己不能进去，它站在原地，目送上野先生进站。

直到看不见上野先生的身影，八公才立刻转身，朝家走去。这是八公第一次去涩谷站送上野先生。

几周后，上野先生从叶山别墅回来了，八公开心得不得了。

“我去车站送主人的话，主人就会回来了。”

可能在八公的小脑瓜里，得出了这样的结论。从那之后，只要上野先生出门上班，八公就一定会送他到车站。

上野先生每天的工作地点不定，有时步行去家附近的东京帝国大学驹场校区，有时去涩谷站乘“国铁”（现在的“JR”）到文京区的本部上课。除此之外，有时也去农商务省、农业试验田等，那就要在涩谷站乘“市电”。

无论上野先生去哪里，八公都会去送他。上野先生在跟八公道别时，一定会尽情地抚摸它，再给它一块饼干。

他们一起走到涩谷站，八公想要往国铁的方向走，上野先生就说：

“八公，今天坐市铁！”

乘坐市铁时，上野先生总会坐在能够看见八公的窗边，微笑着朝八公挥手。

八公目送上野先生，欢快地摇尾巴，等到看不见上野先生，就转头回家。

不久，八公也学会接上野先生下班。八公能牢牢记住早上送别上野先生的位置，到了晚上就在那里等候。

时间是下午五点左右。八公并不会看钟表，但是时间一到，八公就会出门。

暑去秋来，秋风送爽，八公每天都接送上野先生上下班。夏日的晚上五点天还没黑，到了十一月左右，五点钟天就全黑了。即便如此，到了五点，八公仍旧准时去接上野先生下班。

冬天到了。

一天，风特别大，吹得人眼睛都睁不开。八公像往常一样待在涩谷站，等上野先生下班。但那天上野先生加班，没有按照往常的时间回家。

晚上很晚的时候，上野先生终于从国铁的出站口走出来，他想八公应该不会等到这么晚吧。

但是，八公仍旧等在那里。接近半夜，涩谷站几乎没什么人，只有八公孤零零地坐在出口前。

上野先生一看到八公，就大喊：

“八公！”

八公耳朵抖动一下，四处寻找，看到上野先生后，全力飞奔过来。

八公的嘴巴张大，像在微笑一样，好像在说：

“您回来了！”

“八公，冻坏了吧！”

上野先生紧紧抱住飞奔而来的八公。

八公扑在上野先生身上撒娇，上野先生反复抚摸它的头和后背。

“走吧，我们回家！”

上野先生和八公，相互依靠着朝家走去。

新的一年到了，大正十四年（1925）。

八公来到上野先生家里，已经满一年了。

“八公，过来！”

下班回家的上野先生把皮包放在原地，外衣都没换，就先要拥抱八公。

“来，乖！”

上野先生抱着八公一起站在体重秤上，减掉自己的体重，就知道八公的体重了。

“三十八公斤！八公长大了啊！”

上野先生摸摸八公的头。八公浅褐色的毛被梳理得十分整齐，仿佛闪着金光一般柔顺漂亮。

“耳朵直直地立着，尾巴高高地卷翘着，八公真是一条漂亮威风的秋田犬!”

上野先生满足地看着八公。八公长大了许多，身高超过六十厘米，已经完全是成年犬的体形了。

只是脸上还略带稚嫩，可以看出八公还只是刚满一岁的小狗呢。

冬天的时候，上野先生担心八公感冒，所以没给它洗澡。

但是不洗澡的话，八公身上会长跳蚤，很痒，当时也几乎没有什么除跳蚤的药。

八公总是用后脚抓挠自己的头，但是八公的毛又长又密，藏在深处的跳蚤不是那么容易就能挠出来的。

这时，上野先生就会说:

“来，八公。我帮你捉跳蚤。”

上野先生休息时，常常在外廊上帮八公捉跳蚤。阳光照在外廊上暖洋洋的，好像春天一样。

听到上野先生叫它，八公来到外廊边。

“来，上来!”

八公跳上外廊，舒服地躺在上野先生面前。

“让我看看。”

上野先生拨开八公长长的毛，寻找小小的跳蚤，找出跳蚤就把它们摁死在外廊上。

不一会儿，上野先生捉到的跳蚤在外廊上排成一排。

“看，我捉到了不少呢！”

上野先生高兴地指着棕色外廊上的一排死跳蚤，跟八公说。

“哎呀呀！”

八重夫人来了。

“阿绪刚刚把外廊擦干净，这多对不起阿绪啊！”

八重夫人轻声埋怨上野先生。上野先生像是恶作剧被发现的小孩子一样，缩了缩头。

阿绪听到声音，朝这边看。

“没事的，夫人。一会儿我再打扫就好了。”

阿绪大声说。阿绪知道，只要是为了八公，上野先生什么都会做。

“不好意思啊，阿绪！”

八重夫人盯着上野先生，眼神仿佛在说：

“可不要再这么做了！”

“好了好了，我知道了！”

上野先生在八重夫人严厉的目光下，低头道歉。

“八公，下去！你到下面去，我就不说你了。”

“哎呀，不要生气嘛！”

上野先生看着八重夫人，孩子般地笑着说。

八重夫人被上野先生逗得“扑哧”一声笑了出来。

上野先生坐在庭院里，继续给八公捉跳蚤。这次他把跳蚤摁死在院子的石头上，这样就不会给别人添麻烦了。

但是石头太硬了，摁死跳蚤时，上野先生的指甲有点痛。摁死几只跳蚤后，他四下张望，最后目光停留在他的木屐上。

木屐是木头做的，摁在这里指甲应该不会痛。

一只、两只、三只……上野先生把跳蚤摁死在木屐上。

但是，这双木屐也是阿绪刚刚擦干净的。八重夫人原以为上野先生会乖乖把跳蚤摁死在石头上，没想到他又打起木屐的主意。

“哎呀，那个是阿绪刚刚……”

八重夫人被上野先生逗得话都说不下去。

阿绪也跟着笑起来。

“啊？”

上野先生呆呆地看着两个人，八公舒舒服服地趴在上野先生的腿上睡着了。

8. 上野先生之死

大正十四年（1925）五月二十一日。

明明还是五月，清晨的云层很低，天空阴沉，让人有些不太舒服。

跟往常一样，八公送上野先生走到东京帝国大学驹场校区，到了大门口，八公扑到上野先生身上撒娇道别。那天，上野先生少见地穿上了正式的

和服，但即便衣服上沾到尘土或毛发，他也毫不在意。

八公十分兴奋，前腿伸得长长的，搭在俯下身的上野先生肩上，上野先生亲密地拥抱、抚摸八公。

“好了，八公，你回家吧！”

上野先生笑眯眯地对八公说。

八公目送上野先生边挥手边走进校门，转身回家了。

到了中午。

上野先生家里开始准备午饭，八公悠闲地躺在院子里。突然，电话铃声响起。

“丁零零，丁零零……”

“好的，请您稍等。”

这是阿绪的声音。

“你好。”

这是八重夫人的声音。

“什么？上野先生晕倒了？”

八重夫人的声音突然提高。

“好的，好的。我马上过去。”

说着，八重夫人慌慌张张地挂断了电话。

“阿绪，快帮我叫车！”

不知怎么，家里突然忙成一团。但是，八公不明白究竟发生了什么事。

到了傍晚。八公像往常一样，慢慢地站起身，伸个大大的懒腰，然后朝东京帝国大学校门走去，去接上野先生下班。

但是，八公等啊等啊，上野先生还是没有走出来。

继续等吧。八公知道，就像以前一样，只要继续等，不管多晚，上野先生一定会出来的。而且等的时间越长，见面时上野先生抱它就越紧。

但是那天，无论八公怎么等待，上野先生始终没有从车站走出来。

最终，八公无奈地放弃等待，走回了家。家里，许多人神色慌张地走来走去，气氛跟平时很不一样。

八公趴在院子的小窝里一动不动，把头放在自己的前腿上，闭上眼睛，看上去像是睡着了，但是耳朵直立，有点风吹草动，耳朵就转来转去。八公准备着，只要有人叫自己，就会立刻站起来。

人声嘈杂，脚步声纷乱，那天八公没有听到最喜欢的上野先生的声音和熟悉的脚步声。

深夜。

是上野先生！

八公突然嗅到空气中飘来的一缕上野先生的气味，它一下子站起来，朝着气味的来源走去。

是库房。

八公闻了闻，就是这里，上野先生的味道就是这里飘出来的。

八公前爪搭在拉门上，想要打开房门。

“嘎吱嘎吱，嘎吱嘎吱。”

终于，门开了一条缝。八公把鼻子探进去，左右摆头，反复多次，终于把头伸了进去。

八公从头到脚拼命扭动，把身子挤进房里，只为了快点赶到上野先生身边。

终于，八公用身体一点点地挤开拉门，进入库房，循着味道寻去。

那是一个布袋子，里面传来强烈的上野先生的气味。八公凑上去，反复确认上野先生的气味。

渐渐地，袋子被八公拉开，里面正是上野先生那天穿的和服。

原来，上野先生在学校突然晕倒，不幸身亡。

八公就此不离衣服半步。

不一会儿，阿绪发现八公不见了，便去寻找八公。

“呀，你怎么跑这儿来了。”

阿绪看到八公蜷缩在上野先生的衣服旁，表情瞬间悲伤。于是，她把八公的饭放在库房。

但是，八公连看都不看。

第二天也是，第三天也是，八公都粒米未进，始终趴在衣服旁边。

第四天，八重夫人来到库房。美丽温婉的八重夫人眼睛红肿，看上去十分疲惫。

“八公。”

八公依旧趴在衣服旁边一动不动，它的脚边放着完全没动过的饭盆。

八公已经不吃不喝整整三天了。八重夫人在八公身边蹲下来。

“八公，上野先生已经不会回来了。”

八公满眼寂寞地看着八重夫人，像是在说，它不想听这句话。

“不管你再怎么等，他都不会回来了。快点把饭吃了，不要等了！”

八重夫人的眼中满含热泪，看着八公。

八公把头转向一边，脸颊凑近袋子。

“八公，对不起。这个不能给你，不要等在这里了。”

说着，八重夫人把袋子拉过来。八公突然伸出前爪扒住，不让八重夫人把袋子拿走。

“八公……”

八重夫人用力拉扯袋子，八公毫不退让。

“拜托了。放手吧，八公……”

八重夫人松开手，豆大的泪滴从脸上滑落，落在八公的背上。

八公轻轻地抬头看着八重夫人。

“八公……八公……”

八重夫人把脸埋在八公背上，大哭起来。

守夜那天。

上野先生的灵柩上盖着白布，放在大厅的桌子上，周围摆满花圈。大厅里弥漫着线香的气味。

上野先生的学生们都来了。

晚上，院子里的八公开始抓挠大厅的玻璃门。

“刺啦刺啦……刺啦刺啦……”

玻璃门纹丝不动，但八公仍不放弃。

终于，玻璃门被八公挠开一条缝，八公挤了进来，走向守灵大厅。八公绕过守灵的人群，径直地朝盖着白布的上野先生的灵柩走去。

周围摆放的白色花圈，八公也都灵巧地一一绕过，直接钻到了放置灵柩的桌子下，卧在那里。

大厅里的人都一脸惊讶地看着八公。

大家的表情仿佛在说：

“你知道上野先生躺在这里吗？”

“过来，八公。快出来！”

前去帮忙的我的爸爸慌忙跑来，想要把八公拉出来。但是八公四肢用力，做出坚决不出来的抵抗姿势。

才助也过来对八公说：

“八公，八公。到这边来！”

但是八公完全不为所动。

八重夫人见状，朝客人们道歉。

“真是不好意思，这样做可能不合礼数，但八公应该也想跟上野先生告别，我们就让它留在这儿吧。”

一个学生对八重夫人说：

“它的心情应该跟我们一样，暂时就让八公按自己的想法来吧。”

大家也都纷纷赞同。

八重夫人再一次向大家低头致歉。

守夜那晚，谁都没有离开。大家都想送上野先生最后一程。

第二天是遗体告别仪式。上野先生的灵柩搬到了告别仪式厅，八公也想跟着过去，但被我爸爸拦住了。

“八公，今天有很多客人要来。你不能待在这里，到院子里去！”

八公当然听不懂爸爸的话，但似乎是从爸爸严肃的表情中感受到了事情的严肃性，告别仪式期间，八公一直乖乖地等在院子里。

上午十点告别仪式开始，身穿黑色正装的人

们接踵而至，共有两千多人赶来吊唁，送别上野先生。

直到最后一个人完成烧香祭拜，告别仪式结束时，已经是傍晚四点多了。

告别仪式结束后，上野先生的灵柩被抬上了一辆高大的黑色车子。八公想要追上去，但车子转眼就不见踪影。

大厅里突然一片寂静。

房间里，再也见不到上野先生的身影，再也听不到上野先生的声音，再也没有上野先生的脚步声，最后，就连上野先生的味道也没有了。

9. 分离

没有了上野先生的宅子里，始终弥漫着悲伤的气氛。

但是，没有多余的时间悲伤，全家人必须尽快搬出这栋宅子。

上野先生和八重夫人虽是夫妇，但并没有正式办理结婚手续。因为当时的日本，结婚需要双方家

长的同意，还有其他许多复杂的手续。

上野先生不是家中长子，年轻时体弱多病，很晚才结婚。再加上工作忙碌，也没有时间办理结婚手续。上野先生也没有想到，自己会这样突然离世吧！

但是，没有正式办理结婚手续的话，八重夫人就不会受到法律的保障。八重夫人搬出宅子时，连一件行李都不允许带。现金就不用说了，就连家具、日常用品甚至关于上野先生的纪念物，都不能带走。

当时还是独身女性生活十分艰难的时代。虽然八重夫人有茶道老师的资格，但仅凭这个也不能完全独立生活。上野先生的突然离世，让八重夫人一夜之间走投无路。

此前与他们一起生活的上野先生的养女鹤子女士，以及她的丈夫和孩子，搬到了另一间小房子里。

用人阿绪到其他人家工作。

学生才助回到了九州的老家。

八重夫人与鹤子女士一家一起生活，但是他们的房子太小了，没办法收养八公。

“八公，对不起。”

离开宅子那天，八重夫人抚摸着八公的头说。

“原本想让你至少能留在这间宅子里，毕竟这里有你和上野先生在一起的许多回忆。但是，现在也不行了。之后你要去日本桥的和服店里，要乖乖听话，不要给人家添麻烦！”

八重夫人紧紧抱住八公，八公眼神落寞，一动不动。

于是，八公来到了日本桥的和服店。

和服店的夫妇与上野先生和八重夫人熟识已久，对八公很是照顾。

但我想，对八公来说，没有上野先生和八重夫人的生活，一定非常孤单。

没过多久，八重夫人去和服店看望八公。

“八公。”

是夫人！

听到熟悉的声音，八公兴奋地摇着尾巴，朝八重夫人撒娇。

“啊，八公。你还记得我呢！”

八公不住地朝八重夫人身上扑，要八重夫人抚摸它。

“你有乖乖听话吗？最近怎么样？”

八重夫人微笑地看着八公，她好像瘦了许多。

但是，相聚总是短暂的，八重夫人必须回去了，不可能一直陪着八公。

“我会再来看你的。”

八重夫人说完，就朝和服店夫妇告辞，走出门去。

“汪！”

八公大叫一声，但八重夫人没有回头，八公只能呆呆地望着她的背影。

其实，八重夫人也想跟上野先生最喜欢的八公一起生活，但是没办法。如果当时回头的话，只会让八公感觉更加孤单，所以八重夫人早就下定决心不能回头，不能做出依依不舍的样子。

第二天，八公蹲坐在和服店的角落里，突然，一个熟悉的身影映入眼帘。那个坐在和服店门前的背影……

“是夫人！今天夫人又来看我啦！”

八公一定是这样想的。八公朝那个背影奔去，一下子扑到她身上。

“啊！”

突然传来一声尖叫，这不是八重夫人的声音。原来是店里的客人。

“救命啊，救命！”

“喂，八公！”

和服店老板连忙把八公拉走。

“万分抱歉！”

和服店老板连连向客人道歉。

“这狗怎么回事？”

这位女士被突然扑过来的大狗吓得身体发抖，怨恨地瞪着八公。

自此，和服店老板不再收留八公。

之后，八公又来到浅草的高桥先生家里。高桥

先生知道八公是上野先生的爱犬，对八公也十分关爱。

“八公肠胃不好，饭粒要碾碎之后再给它吃。”

“好的，夫人。您看这样可以吗？”

“嗯，就是这样。牛肉也是，再切碎一点吧。”

上野先生之前是怎样喂养八公的，高桥夫人和用人就按照他的做法细心喂养。

散步也是，由高桥先生的儿子每晚带八公去。

但是，没过多久又发生了一件事。

高桥先生家里还养了一条叫“小S”的可爱小狗。但是附近的一些游手好闲的人，总是欺负小S。一次，几个人聚集起来，带了一条凶猛的恶犬，又来欺负小S。小S被吓得四肢僵硬，想逃却逃不了。

就在这时，八公赶到了。富有正义感的八公想要报答细心照顾自己的高桥家，自愿保护小S。

八公挡在小S面前，怒视着这群坏人。

“怎么回事，这条狗？”

“咬它！”

那一瞬间，八公发出巨大而威胁的叫声。

“呜呜呜……汪！”

八公的叫声震慑力很强，把他们都镇住了。对面的恶犬被吓得轻轻尖叫一声，转身逃走了。

高桥的儿子跑了过来。

“发生了什么事？”

“这条大狗在欺负我家的狗呢！”

“就是就是，太危险了，它差点把我家狗咬死了！”

坏人们信口开河，说八公的坏话。

“这不可能……我都看到了，八公想要保护小S，它只是叫了一声而已。”

高桥先生的儿子十分惊讶。

“你是说我们在说谎吗？”

“这么大一条狗住在这里，让人怎么安心生活？”

“我们联系抓捕队，把它抓起来吧！”

“不行，这是我家的狗！”

高桥先生的儿子极力保护八公。但是，附近的人非常看不惯威风凛凛的八公。

“养这样的狗做宠物，很危险的！”

“它给我们的生活造成了困扰！”

八公在高桥先生家里也住不下去了。

无处可去的八公，最终还是跟八重夫人一起生活了。之前八重夫人一直与鹤子女士一家一起生活，后来，她在世田谷建造了一座小房子，独自生活。

上野先生教过的毕业生们，十分挂念无依无靠的八重夫人。他们卖掉叶山别墅，帮八重夫人筹集了盖房子的钱。

凝聚着与上野先生共同回忆的家具，大家也一件一件地买回来。当初大家赠予上野先生叶山别墅时也是这样，上野先生真是深受大家的尊敬爱戴啊！

能够再次跟八重夫人生活在一起，八公高兴得不得了。当时对于遛狗绳的管理并不严格，所以八重夫人从不拴住八公，经常让它在家附近玩耍。

八公在外面跑来跑去，到处玩耍。但是没过多久，它就不能出门了。因为八重夫人家附近都是农田，八公总是在农田里跑来跑去，把别人家的农田踩得一塌糊涂。

农户愤怒地来到八重夫人家里讨说法，八重夫人只得道歉赔钱。但是，当时还没有修柏油马路，八公分不清哪里是道路，哪里是农田。

同样的事情发生了好几次，最终，八公也不能继续住在八重夫人那里了。

无可奈何的八重夫人，最终，八公来到了我家。

10. 我们与八公

大正十五年（1926）年末，天皇陛下驾崩，年号改为昭和。

很快，过完年，就到了昭和二年。

那年秋天，我和八公快四岁的时候，八重夫人来到我家。

八重夫人面向我的爸爸，端正地坐着。我家很少来客人，更别说女性客人，所以我十分在意，偷偷朝房间里望。八重夫人发现了我。

“呀！”

看到八重夫人笑眯眯地看着我，我也害羞地“嘿嘿”笑起来。

“不好意思。去，去那边玩儿去！”

爸爸朝我挥挥手。

“没关系的。啊，这是，小贞男吧！”

八重夫人仔细打量我的脸，对我爸爸说。

“啊，对。来，贞男。跟夫人打个招呼。”

我朝八重夫人鞠了一躬。

“嗯，你好！长大了好多呢，你几岁了？”

爸爸看着我。我弯曲大拇指和小拇指，比了一个“三”。我知道别人问我几岁时，做这个手势大家会很高兴。

“过完年就四岁了。”

爸爸用宽大的手掌拍拍自己的光头，笑着说。

“真快啊，长这么大了！”

八重夫人微笑着看着我。

“对了，我带了些点心，过来一起吃吧！”

说着，八重夫人打开带来的包裹，我紧紧盯着，好奇里面有什么好吃的。

八重夫人拿出了一个四方盒子，打开来，里面装着满满的、看上去香脆可口的仙贝。

“来，吃吧！”

八重夫人把盒子递过来。我悄悄地瞥了爸爸一眼，他点了点头。

我拿了一块。

“非常感谢呢？”

爸爸的声音响起来。

“非常感谢！”

我大声地朝八重夫人说，她笑得合不拢嘴。

“不客气。”

“爸爸，我可以吃吗？”

“吃吧，不要吃得到处都是。”

八重夫人和蔼地看着我吃仙贝，我被她盯得都有些不好意思了。

“这个……是‘今户’家的仙贝吧？”

爸爸看着盒子，问八重夫人。

八重夫人呆呆地看着仙贝，轻轻回答：

“对。上野先生以前最喜欢这家的仙贝。”

“世田谷的新房子怎么样？”

“嗯，多亏大家照顾，现在已经安顿下来了。”

“这样啊。”

我的爸爸沉默寡言，不太擅长闲聊。两人有一搭没一搭地聊着，不一会儿就陷入尴尬的沉默。

“那个，菊先生。”

八重夫人像是下了很大决心，看着爸爸。

“是。”

“我有事情要拜托你。”

“只要夫人您吩咐，我什么都肯做。”

听到爸爸的话，八重夫人又沉默了一会儿。

“我想把上野先生最重要的遗物——八公，托付给你。”

我看着爸爸。

爸爸盯着面前的榻榻米一动不动，好像在思考什么。然后，他摇了摇头。

“不，我不行。这是上野先生最珍贵的遗物，如果出了什么差错，我没办法向上野先生交代。”

正襟危坐的爸爸，不由得握紧放在膝盖上的拳头。

八重夫人看着爸爸这个样子，笑了一下。

即便是不满四岁的我也看得出，那是非常落寞的苦笑。

“那好吧。”

八重夫人的声音非常轻，好像再说一句就要哭出来似的。

爸爸听到八重夫人颤抖的声音，抬起头，看到八重夫人几乎要流泪的表情。爸爸把嘴抿成一条线，身体僵直，最终下定决心，重重地点了点头。

“八公是上野先生最重要的遗物，我一定会好好照顾它。”

八重夫人用力扯了扯嘴角，挤出一个笑容，向爸爸低头致谢。

实际上，八重夫人不想与八公分开，她也想与上野先生最珍视的八公一起生活。她一定是这样想的，对她来说这是个艰难的决定。

于是，八公来到我们家，和我们一起生活。

“哇！”

爸爸把八公带回我家。

八公之前在上野先生家里见过爸爸几次，大概还记得爸爸。

八公十分高大，身高跟我差不多。浅褐色、柔顺发亮的毛发，让它看上去更加威风凛凛。

当时人们生活比较困顿，勉强果腹，谁家都没有余力养狗。除了特别大的宅邸之外，几乎没人养狗，像八公这么高大威风的狗，更是难得一见。

对幼小的我来说，八公是像马一样高大的狗。

我为八公来我家感到骄傲自豪。

“贞男，你们俩一样大，要好好相处哦！”

见到高大的八公，我有些害怕不敢接近，爸爸见我这个样子，对我说。

虽然爸爸说我们一样大，但八公已经非常成熟稳重了。而且，听说狗的一岁相当于人类七岁，那四岁的八公就相当于二十八岁的人类。

那我们可不是同龄人，八公已经是厉害的成年人了！

我呆呆地看着八公，八公也看着我。它朝我走来，把鼻子凑上来。我心里十分害怕，身体僵住不敢动。

八公吸吸鼻子。

它在闻我脸上的味道。是敌人，是朋友，还是家人，八公像是在凭借气味判断。

八公湿润的鼻子碰到我的脸，凉凉的。

或许是确认过气味感到安心，或许是把我作为家人接纳，八公伸出舌头舔了一下我的鼻尖。

“哈哈，好痒！”

我赶紧用衣袖擦了擦鼻子。八公见我笑了，也咧开嘴，仿佛也笑起来。

我轻轻地伸出手，试着抚摸八公的头。它的毛飘逸又柔软。八公乖乖地站在原地任我抚摸。

“爸爸，它好乖啊！”

“八公是很聪明的狗，它认得出谁是家人。”

爸爸把八公带到给它准备的小窝。八公先是绕着小窝闻了一圈，然后在小窝前面趴下了。我在旁边轻轻地抚摸它肚子上的毛。

好温暖。八公的肚子随着它的呼吸一起一伏。

到了傍晚，一整天都非常乖巧稳重的八公，缓缓站起身，走出门去。

“可能去上厕

所了吧！”

爸爸看了一眼八公的背影，并没有理会。过了一阵，八公没有回来，大家稍微有点担心，但没过多久，八公就像什么都没有发生过一样，回来了。

“可能去哪里玩了吧！”

爸爸说。

八公每晚都出门。一到傍晚，八公总是在同样的时间出门，过一会儿，在差不多的时间回家。

有时，八公回家时，我家大门已经关上了。八公就用前爪敲门，像是在说：“我回来了！”我听到声音，就跑去给八公开门。

过了几天，八公早上也出门玩了。每天早上它都在固定的时间出门，我看了看钟表，是九点。傍晚出门的时间是四点。只要时间一到，八公一定起身出门。

一天，爸爸下班很早，到了下午四点，八公还是像往常一样，缓缓走出门去。

爸爸注视着八公的背影。

“八公又要出门玩呢！”

爸爸没有跟我打招呼，就悄悄地跟在八公身后，走出门去。

“爸爸！”

我急忙去追爸爸，爸爸发现我之后，牵着我的手，跟着八公。

在路上，八公完全没有四下张望，而是一步一步、目标坚定地朝前走。中途停下一次，盯着一家围墙低矮的宅子。

后来爸爸告诉我，那曾是上野先生的宅子。

八公沿着一条缓缓下坡的大马路走着，旁边的小路和路过的行人，八公看都不看。八公前方的目的地是——涩谷站。

“果然是这样啊！”

爸爸小声地说。

果然什么？我问过爸爸，但他没有告诉我。

八公到达涩谷站附近，眼前是飞驰而过的电车。八公继续走到国铁站，面朝出站口，坐了下来。

八公像是在寻找谁一样，仔细观察每个从车站走出来的人。

它在找上野先生。

爸爸远远望着八公。这时最好不要去打扰八公，当时八公的身边弥漫着这样的气氛。

过了好长时间，爸爸走到八公身边，对它说：

“八公。”

八公抬头看着爸爸。

“上野先生不会回来了。”

八公盯着爸

爸的眼睛看了一会儿，仍旧转过头，望着出站口。

“果然传言是真的，听说你每天到涩谷站等上野先生。”

住在附近的人们最近发现，涩谷站前有一条大狗。因为它戴着漂亮的项圈，应该是谁家的宠物狗，但它一直独来独往，从没见过它跟主人一起走。

渐渐地，有传言说，那是上野先生家的狗。它相信过世的上野先生还会回来，所以一直等在涩谷站。

爸爸听说了这个传言，特意回来确认的。

八公并不理会身边的爸爸，继续望着出站口，好像生怕看漏了，错过自己最重要的那个人。

“这样啊，你想等他，是吗？”

爸爸轻轻抚摸八公的头，随八公做它自己想做的事。年纪还小的我，跟着八公和爸爸走了二十分钟，已经累得不行，就趴在爸爸背上，跟爸爸回家了。

爸爸的后背宽厚温暖，我用短小的手臂，紧紧环住爸爸的脖子。

我最喜欢爸爸。每天，爸爸都会回到我身边。但是，如果有一天，爸爸突然不在了，妈妈、朋友、所有我喜欢的人突然都不在了，我甚至连现在的家都回不去了。

我稍一设想，就感到万分悲痛。

现在的八公，一定就是这样的心情吧。它一定非常非常想念上野先生。

每当想到这里，我就十分难过。

再见一面就好了。如果我是神仙的话，我一定让八公再跟上野先生见一面。

我趴在爸爸的背上，摇摇晃晃，浮想联翩。

11. 涩谷站

八公来到我们家的第二个春天。

樱花盛开，春风吹过，花瓣纷飞。

八公依旧每天去涩谷站等上野先生。即便是寒冷的冬天，也一天不落。

当时的涩谷站，除了国铁，又开通了东急东横线，随之而来的还有如雨后春笋般的商店，仿佛一

夜之间，车站变得繁华起来。

街道和行人都发生了翻天覆地的变化，除了八公。八公每天仍旧坐在国铁出站口前，等待上野先生。

“今天是周日，你可以不用去的。”

早上，我对八公说。但八公依旧九点钟准时出门了。

八公很聪明。它一定知道，上野先生不会再回来了。

为什么八公就是不放弃呢？

为什么八公坚持每天去涩谷站等待呢？

我看着八公慢慢出门的背影，思考八公对上野先生强烈的执念。八公无论如何都想要再见到上野先生。我甚至还有一点羡慕上野先生，能够得到八公如此深沉的爱和思念。

我能不能像上野先生那样，也有谁这样爱我、思念我呢？

一天傍晚，八公没有出门，而是躺在地上，喘着粗气。

“爸爸，八公不太对劲！”

下班回家的爸爸急忙来到八公身边。

“怎么了，八公？”

八公看起来很难受，叫兽医来看过之后，说是皮肤病恶化了。但当时，并没有治疗皮肤病的特效药。

兽医说，八公要不行了。怎么会这样！

八公一天比一天虚弱。

“八公，振作一点！”

“八公，坚持住啊！”

爸爸和妈妈轮流照顾八公。这是上野先生最重要的八公。一定不能让八公就这样死掉。

不知是不是我们的心愿传递给了八公，八公奇迹般地好转了。

恢复健康的八公做的第一件事，果然还是去涩谷站等待上野先生。

一天夜里，我半夜上厕所，听到爸爸妈妈小声对话。

“八公的医药费花了不少……”

这是妈妈的声音。

“这样啊。”

这是爸爸的声音。

五岁的我，已经懂事了。爸爸是园林工人，赚钱并不多。家里除了姐姐，我还有三个弟弟妹妹，妈妈肚子里还怀着一个。所以每天只是供八公吃饭，我们家已经十分艰难了。

从第二天开始，米饭里面掺的大麦变多了。

几天后，八重夫人来了。她每隔几天就来我家看望八公。

八公见到八重夫人十分开心，尾巴欢快地摇着，几乎要飞扑到八重夫人身上。

“小贞男，来！把这个分给大家。”

八重夫人说着，把带来的点心递给我。她每次带来的点心都跟我们平时吃的不一样，是特别好吃的仙贝、团子之类的。

“真是不好意思，总是让您破费。”

爸爸向八重夫人道谢。

“八公最近怎么样？”

爸爸把八公得皮肤病的事情告诉八重夫人。

八重夫人神情严肃地听着。

“菊先生，这个。我早就想给你了。”

说着，八重夫人从包里拿出一个信封。

“这是？”

爸爸并没有接过信封。

“菊先生家里有这么多孩子，我想哪怕只是负担八公的伙食费……”

信封里装着现金。

爸爸摇了摇头。

“这我不能收。”

“为什么？”

“八公现在是我们家的狗。我们自己可以照顾，虽然很感谢您，但我不能收。”

爸爸的语气十分坚决，八重夫人只得收回信封。

“好吧。”

八重夫人有些黯然地点了点头，但也感受到了爸爸对八公的爱护，最后有些欣慰地笑了。

那天晚上，爸爸给八公喂饭。

“对不起，八公。今天只有这些了。”

八公的碗里，是比平时少了许多的大麦饭，上面浇了没有配菜的味噌汤。

“八公只吃这么点吗？”

我在一旁看着，问爸爸。

“明天我就发工资了。所以今天只能忍耐一下了，八公也是家人，我们全家要分着吃最后的这些米。”

八公一眨眼就把饭吃完了，明显一副没吃饱的样子。

“哎，贞男。你不吃了吗？”

晚饭时，见我的碗里还剩了半碗大麦饭，妈妈问我。

“嗯……我刚刚吃了不少阿姨带来的点心。”

我胡乱说了个借口。

“不是告诉过你，吃饭前不要吃零食嘛！”

我被爸爸骂了。

“这个留着我一会儿再吃吧！妈妈，能帮我捏成饭团吗？”

“好吧！”

妈妈帮我把剩饭捏成了一个饭团。

晚上，趁爸爸去洗澡时，我来到八公的小窝。

“八公，八公。”

听到我的声音，八公从小窝里出来了。

“嘘——不要出声。”

我把藏在手里的饭团给八公看。

八公抽动鼻子，闻了闻饭团。我帮它把饭团掰成两半，一半递给八公，它狼吞虎咽地把饭团都吃光了。

“嘿嘿嘿。”

看着八公吃得那么香，我也非常开心。

“给。”

我把另一半也递给八公，八公同样一扫而光。

“没啦！”

我把双手伸开给八公看。同一瞬间，我的肚子突然咕咕叫起来。

“咕噜噜噜……”

我肚子好饿。但是没关系。只要八公不饿肚子。

八公伸出舌头，舔了舔我的手心。

“好痒啊哈哈！”

我边笑边摸了摸八公的头。

四年过去了。我九岁了，上小学四年级。

我们家的孩子又多了，现在兄弟姐妹一共八人。姐姐负责照顾妹妹们，我作为长子，负责照顾弟弟们。

我们常常去对面的“小泉汤”泡澡。

家里虽然也有浴室，但是年纪还小的弟弟们，喜欢去澡堂的大水池里玩耍。去的时候，我们总会带上八公。

“八公，我们走吧！”

只要叫它一声，八公就跟我们一起出门。当然它是不能进水池的，但是，八公会乖乖坐在澡堂门口，等我们出来。

我们家男孩子都是板寸，洗头发花不了多长时间，但是孩子们玩水总要玩很久。即便如此，八公也会一直在澡堂门前等着。

“我们出来了，八公！”

从澡堂里出来的弟弟对八公说。八公非常高兴地摇着尾巴。有时，还会让弟弟骑在它背上，一起回家。

八公与我们附近的邻居相处得也很愉快。八

公很懂礼貌，看上去威风凛凛，附近居民都很喜欢它。

附近有一对开肉店的夫妇，他们很喜欢八公。

一天，八公回家时，脖子上挂着一个绿色蔓草图案的包袱。妈妈打开来看，原来是牛肉。

“哇，看上去好好吃哦！”

弟弟们看到很少能吃上的牛肉，兴奋得两眼放光。

等爸爸下班回家，就准备开饭了。全家人正襟危坐，围坐在圆桌旁。

“哎？”

桌子正中间的盘子里，装的却是可乐饼。

“妈妈，不是牛肉吗？”

妹妹们看到可乐饼，满脸疑惑。爸爸说：

“那是八公得到的。”

一个弟弟站起来朝八公看，八公正把脸埋在碗里，大口大口地吃牛肉呢！

“八公吃得正香呢！”

弟弟回过头来，脸上也是喜悦的表情，爸爸松了一口气。

“嗯，八公吃得很香呢！那我们也开动吧！”

“嗯，我开动了！”

“我开动了！”

爸爸点头之后，大家都把筷子伸向可乐饼。刚刚炸好的可乐饼，外焦里嫩，香脆可口，大家也吃得很香。

“八公。”

“八公，八公！”

爸爸、妈妈，还有我们八个兄弟姐妹，都很喜欢八公。

但是，无论我们怎样疼爱八公，它从不跟我们撒娇。它虽然也会在我们身边摇尾巴，但从不扑到我们身上，或是主动来我们身边撒娇。

八公只跟八重夫人撒娇。一定，也只跟上野先生撒娇。

每天早晚，八公依旧去涩谷站。仅靠这些路

程，爸爸怕八公运动量不足，平时也会带八公散步。

有时晚上，它们会一起去木匠工具店。

爸爸和店长聊天时，八公就乖乖地趴在店门口等着。

一天晚上，木匠工具店门外突然有一群狗打架。几条狗一起狂吠，把老板娘吓坏了。

八公倏地站起来，走出店外。不一会儿，狗群安静下来，八公若无其事地回来了。

“哇，八公！你把它们赶走了！”

老板娘高兴地夸奖八公。

八公用黑漆漆的眼睛看着老板娘，好像在说“小事一桩”，然后再次趴在地上，等爸爸跟店长聊完。

“八公跟沉默寡言的菊三郎先生，还真是相配啊！”

老板娘一脸赞许地看着八公。

五年来，八公坚持每天去涩谷站等上野先生。

涩谷变得越来越繁华。在市电急转弯的位置，新建了站前广场。甘栗太郎的揽客机器人，播放着欢快的音乐。牛车、马车满载着货物，人力车往来奔走，甚至偶尔也有黑色的高级轿车疾驰而过。

涩谷站稍稍往里走，有一条叫作“涩谷站前”的美食街，里面小摊小店鳞次栉比，烤鸡肉串、寿司、烤内脏等，是人们下班回家路上，小酌一杯的好去处。

这时，在涩谷站，几乎无人不知八公的事迹。

八公有时在出站口的等待结束后，就会来到烤鸡肉串店。或许是它还记得在上野先生家召开赏樱大会那天，秋津岛先生烤的鸡肉串的味道吧！

“给，八公！今天也辛苦啦！”

客人们看到八公，会喂它鸡肉串。八公灵巧地转动头部，把肉和葱从竹签上捋下来，吃进肚里。

“喂！你那样喂它，它要跟你回家了！”

周围的人笑着打趣。但八公从不跟任何人回家，无论别人对八公如何温柔爱护，对八公来说，它跟随的主人只有一个，就是上野先生。

涩谷站的暗处也有许多流浪狗，它们的目标是小摊上的客人们剩下的或落在地上的食物。流浪狗们常常为了争夺食物，互相争斗。

而制止流浪狗之间争斗的，总是八公。每当流浪狗们打起来时，身材高大的八公就会把脸贴近地面，眼神凌厉地瞪着它们，然后缓缓地接近。

“汪！”

八公的声音低沉威严，哪怕只是一声，对其他流浪狗来说都是巨大的震慑，流浪狗们立刻四散而逃。

“这条狗不仅高大，而且性格沉稳，真是一条好狗啊！”

附近的人都夸赞八公。

只要威风凛凛的八公叫一声，就能把其他流浪狗吓跑，所以八公不太跟别的狗打架。但是，八公也曾打过一次架。

“秋田犬这种狗，是有着武士道精神的。”

后来爸爸告诉我，秋田犬绝对不会逃跑。如果有人来挑衅，它势必要迎战。爸爸说，八公身上既有秋田犬与生俱来的品格，性格方面也很像从小养育它的上野先生。

它从不阿谀奉承，以理服人、真诚坦率、沉稳冷静，有着非常优秀的性格。

这样的八公，在我眼里就像英雄一样。

八公在涩谷站交到了许多人类朋友，大家喂它鸡肉串、鱼糕等。但八公遇到的，也不全是好人。

八公乖巧地坐在出站口前等待时，偶尔也有人踢它或朝它扔石子。因为八公体形巨大，有人觉得它“吓人”，要把它撵走。

有人把八公漂亮的项圈摘下来玩耍，甚至有人听说八公脖子上挂着的“畜狗证（宠物犬证明书）”能作安产护身符，就把畜狗证偷走了。

还有一次，八公回家时，我们发现它的脸被人用记号笔画成了鬼脸。

即便八公被人画上了粗粗的、搞笑的眉毛，它也不为所动。无论受到怎样的对待，八公既不因别人的夸赞而自满，也不因别人的欺负而害怕。

但是，畜狗证被偷走，是个麻烦事。因为当时有不少人专门负责抓捕扰乱治安的流浪狗。如果没有畜狗证的话，八公可能会被当作野狗抓走，甚至被处理掉。

但是每次八公被人捉住，总会有人来通知我们。多数情况下，总是代代木派出所的巡警川上先生。

“八公被抓住了，在小林先生那里！”

川上先生拖着胖胖的身躯，跑来告诉我们这个消息。我和爸爸急忙跑去要回八公。

昭和七年（1932），八公上报纸了。以《等待主人的忠犬》为题，八公登上了东京《朝日新闻》。

附近一些人此前只把九岁的八公当作一条有点脏兮兮的、巨大的老狗，看到报纸后，突然都来亲近八公。

喜爱八公的人从全国各地寄来钱和食物，上面写着“送给八公”。

涩谷站把一间小库房送给八公，当作休息室。

没过多久，广场上甚至建造了一尊八公的铜像。

但对八公来说，出名啊，建造铜像啊，都无所谓。当然不会再有人来踢它、赶它，这也不错，但对八公来说最重要的，还是希望上野先生能够回来。

12. 八公之死

我十一岁了。八公也十一岁了。

但是，按照人类的年龄来换算的话，八公已经将近八十岁了。八公的身体变得非常虚弱，就连走路都十分费力。原本浅褐色的漂亮毛发，几乎褪成白色。左耳也因为曾经打架留下的旧伤，耷拉下来。

但是八公还是坚持去涩谷站。

每走几步，八公就要停下来“哈哈”地喘着粗气，然后再一步一步地缓慢往前走。每走一步都像是拖着后腿往前挪一样，看上去非常痛苦。

即便如此，八公仍旧每天去涩谷站等待上野先生。

晚上，八公渐渐地不再回家，而是在涩谷站的小库房里休息。但无论身体多么虚弱，比起回家休养，八公更想守在涩谷站的出站口。

后来，八公连坐都坐不住了，只能趴在出站口等待。它把头放在前爪上，稍微侧躺着看向出站口。最后，它连头也很少抬起来了。

八公大概活不了多久了。

大家开始这样说。

但是八公依旧没有放弃等待。

昭和十年（1935）三月七日。

八公拖着虚弱的身躯，缓慢地把涩谷站边的店铺，一家一家地看过去。

烤鸡肉串店的大叔、食堂的哥哥、甘栗店的阿姨……

八公把头探进店里，稍稍抬起头，一家一家地认真望着。

“怎么了，八公？”

阿姨问八公，八公就走出店去。这是怎么了，大家都非常疑惑。

然后，第二天，在一个零度以下的寒冷清晨。

从八公平时待的涩谷站西侧的出站口，越过山手线轨道的另一边。

在稻荷桥边，有一家泷泽酒店，酒店老板正在店门口清扫。

清扫结束，老板不经意间朝路边望了一下，突然看到八公倒在路边。

“八公？”

老板连忙跑过去。

伸手触摸，穿过厚实的毛发，还能感受到它身上残留的一丝温度。

但八公，已经停止了呼吸。

“你怎么到这边来了……”

八公从来没有到这边来过。这条路通往的，是埋葬着上野先生的青山墓地。

八公倒在了前往墓地的路上。

酒店老板急忙联系了派出所。

很快，派出所就打电话到我们家。

“啊，八公它……”

收到消息的爸爸紧紧握住听筒，久久伫立。爸爸一脸难以置信，眼泪夺眶而出。

挂掉电话，爸爸喃喃地说：

“本想让它最后死在温暖的家里……”

八公的尸体边围了许多人，爸爸拨开人群，走近八公。

“八公！”

爸爸一边蹲下摇晃八公的身体，一边呼喊着它的名字，但八公的眼睛再也没有睁开。

爸爸就地痛哭起来。

我站在爸爸身后，看着地上的八公。八公再也不动了，闭上的眼睛再也不会睁开了。

但是八公的表情很平静，我甚至从它脸上看到了一丝笑意。

八公。

很痛苦吧，等了很久吧。

八公一直一直想要见到上野先生，对吧？

八公一直在涩谷站，是在等待上野先生吗？

还是八公早就知道上野先生已经去世了？

八公不能继续住在与上野先生一起生活过的房子里，所以涩谷站是唯一的回忆上野先生的场所吗？

但是，八公。

不用再硬撑了。

八公最最喜欢的上野先生，八公拼命想要见到的上野先生，终于，终于，能够见到了。

参考资料：

《八公文献集》林正春

《忠犬八公的故事》岸一敏

《涩谷站100年史：忠犬八公50年》日本国有铁道涩谷站

年　表

1923年（大正十二年）11月10日　生于现在的秋田县大馆市大子内的齐藤义一家。父亲是大子内山号，母亲是胡麻号。

1924年（大正十三年）1月14日　前往东京帝国大学农学部教授、上野英三郎家。

1925年（大正十四年）5月21日　上野教授去世。

1927年（昭和二年）秋　去往小林菊三郎家。

1932年（昭和七年）10月4日　八公在涩谷站前等待主人的故事，刊登在东京《朝日新闻》上，从此被称作“忠犬八公”。

1934年（昭和九年）4月21日　由雕刻家安藤照设计的铜像在涩谷站前落成，八公也出席了铜像揭幕仪式。

1935年（昭和十年）3月8日　八公去世。享年十一岁。现在与上野先生共同安葬在青山墓地。八公的标本被保存在国立科学博物馆。

1935年（昭和十年）7月8日　秋天的大馆站前，也建造了一尊与涩谷站八公像一模一样的铜像。

1945年（昭和二十年）8月14日　第二次世界大战期间由于金属资源不足，涩谷八公铜像被拆除熔化，成为列车的一部分，现在正行驶在东海道线上。

1948年（昭和二十三年）8月9日　战后，由安藤照的儿子，安藤士重新铸造了一尊涩谷八公像。

1989年（平成元年）5月　涩谷站前广场施工期间，八公铜像移动位置，并调整为等待上野先生的方向（面朝东方）。

后　记

八公为什么坚持那么长时间，每天去涩谷站呢？

是等待上野先生吗？还是只因狗的习性，为了在涩谷站得到附近人们投喂的鸡肉串等食物呢？

真正的原因，恐怕只有八公亲口告诉我们，否则我们无从得知。

但是，阅读《八公文献集》等资料之后，我们能够了解到，人品高尚、被许多人尊敬爱戴的上野先生，真的把八公当作自己的孩子一般爱护。再加上秋田犬忠诚护主的品性，我们总会相信，八公是非常非常想见到上野先生，才等在涩谷站的。

人类总是不免按照自己的时间和心情，把感情强加于宠物身上。得知八公最后倒在去往青山墓地的路上，那时的八公是怀着怎样的心情，一步一步地朝墓地走去呢？稍微想象一下，我的心都不由得一阵悲痛。

我们习以为常的平凡的每一天，是多么珍贵啊！

我们伸手就能触碰到的家人、兄弟姐妹、亲密的朋友等，都是多么无可替代的啊！

我们通过八公的故事也可以认识到，我们与家人朋友一起度过的平凡时光，可能被突如其来的事故或疾病夺走，珍贵却又脆弱。

“最爱的人，就在身边。”

我由衷地认为，要好好珍惜这奇迹般的平静时光。

首先，非常感谢搜集整理内容翔实全面的资料，编成《八公文献集》的林正春先生。

文献集中，记载了八公怎样来到上野先生家，上野先生如何照顾和爱护八公，上野先生家中的构造图、赏樱大会当天的菜单，小林菊三郎对上野先生的仰慕、细心呵护八公的细节，以及从八公蹲守涩谷站到铜像落成的详细经过等，为后人留下了非常全面细致的资料信息。

本书开篇就引入了小林菊三郎先生的长子贞男，甚至连他的出生日期都详细介绍。这一点我沿用了《忠犬八公的故事》中，由与八公同岁的少年——贞男的视角来讲述故事的创意。

贞男与八公的出生日期只差两个月，与八公生活在同一个年代。从一个少年的视角讲述故事，能够更加生动地表现八公纯粹深沉的情感。

关于秋田犬的知识，感谢白井犬舍的白井孝儿先生和夕纪子小姐。两人以“这可能只是我们个人的感想”为开场白，将他们养育四十多年秋田犬的经验和感悟全部传达给我：

武士道精神；保护弱小的性格；守护家人的情感；尤为忠诚护主，只要待在主人身边就很高兴；即便睡觉时也竖起耳朵，随时准备回应主人的呼唤；只认一个主人，任何人都不能替代，等等。

猎犬、博美犬、吉娃娃等，每种狗的性格习性各不相同。作为日本本土犬种的秋田犬，与欧洲犬种也不一样，它们性格耿直、忠诚善良、重情重义。通过对秋田犬的了解，我好像明白了，为什么八公只跟上野先生相处了短短的一年零四个月，却对上野先生怀有如此深厚的情感。

关于秋田犬体态动作的描写参照，感谢多摩川附近的秋田犬“疾风”的帮助。

趴在地上等待的样子，即便睡着也竖起耳朵、随时准备回应主人的样子，在地上打滚撒娇的样子，通过尾巴表现心情的样子，主人来到身边时张开嘴微笑般的样子，被主人批评时委屈的样子，等等，疾风为我展现了它表情丰富的各种瞬间。

疾风，谢谢你！

书中的插图，由真斗女士绘制。

真斗女士的插图富有时代气息，充满人情味，生动地展现了物质生活匮乏的年代里，家人和睦，邻里互助的社会风气。

也许正是因为当时民风淳朴，有许多人默默守护和照顾八公，才有这样精彩的故事流传至今。我的文字没能传达出的部分，通过插图传神地展现出来，非常感谢真斗女士。

封面照片，由田丸瑞穗先生拍摄。

田丸先生既是摄影师也是登山家，喜欢自然和动物。拍摄当天，田丸先生与小狗玩得特别开心。活泼的小狗跑来跑去，很难抓拍到稳定的画面。最终费了好大力气，我们终于选定一张精彩的照片。

照片上是一条气喘吁吁的小狗坐在地上，伸出舌头的可爱样子。

“秋田犬应该更加威风凛凛！”

有些喜欢秋田犬的人看到照片，可能会这样说。

但我特别喜欢这张照片，我认为这张照片展现出了小狗蓬勃的生命力。

最后，非常感谢“青鸟文库[①]”的高岛恒雄部长以及责任编辑日下部由佳小姐，感谢两位给我这个宝贵的机会，能够创作本书。特别是日下部小姐在我创作的过程中，给予了许多可靠的意见。反复修改书稿的过程中，我们想象着八公的心情潸然泪

① 日本讲谈社出版的少儿读物系列，自1980年创建起就备受孩子们喜欢。——编注

下，拍摄封面时，我们追赶着小狗跑得汗流浃背。这是我们共同完成的作品，非常感谢日下部小姐！

希望正在阅读本书的读者，能够永远与最爱的人在一起，微笑地度过平凡的每一天。

最后，祝愿地球上的所有生命，平安喜乐。

岩贞留美子

著作权合同登记号 图字 01-2024-4367

图书在版编目 (CIP) 数据

忠犬八公的故事 / （日）岩贞留美子著 ；（日）真斗绘 ；高宁译. -- 北京 ：人民文学出版社，2025.
（救救动物！）. -- ISBN 978-7-02-019290-8
Ⅰ. I313.85

中国国家版本馆 CIP 数据核字第 2025857SQ5 号

责任编辑　李　娜　王雪纯
装帧设计　钱　珺

出版发行　人民文学出版社
社　　址　北京市朝内大街166号
邮政编码　100705

印　　刷　安徽新华印刷股份有限公司
经　　销　全国新华书店等

字　　数　64千字
开　　本　787毫米×1092毫米　1/32
印　　张　4.75
版　　次　2025年6月北京第1版
印　　次　2025年6月第1次印刷

书　　号　978-7-02-019290-8
定　　价　25.00元

如有印装质量问题，请与本社图书销售中心调换。电话：010–65233595